歌飞太行

旧居里的木槿

白帆 著

新星出版社 NEW STAR PRESS

图书在版编目（CIP）数据

旧居里的木槿 / 白帆著 . —— 北京：新星出版社，2023.12
（歌飞太行）
ISBN 978-7-5133-5384-7

Ⅰ . ①旧… Ⅱ . ①白… Ⅲ . ①诗集 – 中国 – 当代 Ⅳ . ① I227

中国国家版本馆 CIP 数据核字 (2023) 第 217196 号

歌飞太行

旧居里的木槿

白 帆 著

选题总策划	邹懿男	责任编辑	李文彧
特约编辑	唐嘉琦	责任印制	李珊珊
审　　校	王　颖	责任校对	刘　义
封面设计	雷党兴	装帧设计	宣是国际

出 版 人　马汝军
出版发行　新星出版社
　　　　　（北京市西城区车公庄大街丙 3 号楼 8001　100044）
网　　址　www.newstarpress.com
法律顾问　北京市岳成律师事务所
印　　刷　北京天恒嘉业印刷有限公司
开　　本　880mm×1230mm　1/32
印　　张　5.375
字　　数　20 千字
版　　次　2023 年 12 月第 1 版　　2023 年 12 月第 1 次印刷
书　　号　ISBN 978-7-5133-5384-7
定　　价　58.00 元

版权专有，侵权必究。如有印装错误，请与出版社联系。
总机：010-88310888　　传真：010-65270449　　销售中心：010-88310811

太行踏歌行
——"歌飞太行"序

"太行天下脊,黄河出昆仑"陆游曾如此吟咏开天辟地之大美山西;"太行山似海,波澜壮天地"陈毅元帅路过山西即写出最长诗篇《过太行山抒怀》,隐喻了太行山和太行山人民对中华民族全民抗战做出的无与伦比的巨大贡献……历来,人们知道这里民风淳朴,民歌荟萃,小花戏、"左权开花调"成为国家级非遗,但是很多人可能不知,这里还有一群植根这片土地的诗人,他们在巍巍太行,行吟踏歌。我永远记得,太行山那个冬日清晨的暖阳。

2021年5月起,我在组织的安排下到左权县开展乡村振兴定点帮扶工作。2022年11月,左权县诗歌协会的同志约我在县文联一聚,因我在乡下距县城较远,手头事多且忙,诗歌协会的同志就将就我的时间,最后我们约定在周末见。那是11月下旬的一个周六早晨,我开车翻山越岭七十华里,早早来到位于左权县城辽阳街的文联办公地。文联原主席孟振先、办公室主任李婷婷、《左权文苑》执行主编乔叶老师，以及几位诗歌作者已早早等候。当我走进文联简洁的会议室时，一双温暖的大手立即把我握住，微笑着问候："楠杰书记来得早啊！""哦，张老您怎么也来了？"我惊讶地看见年逾古稀的张基祥老先生站在眼前，他编撰的《铁证》《碧血辽县》《抗战文化》等十多本书籍是左权一笔厚重的抗战史料和财富，我刚来左权不久就认识了他，一直很敬仰。见我有些惊讶，旁边的同志解释："您可能不知道，张老师是县首届作协主席，也是我们诗歌协会的大椽和核心哟，他听说您要来，一定要来见见您。"当时，一缕阳光从窗外斜照进来，金色的光辉洒在张老沧桑而和蔼的脸上，他正笑意盈盈地注视着我，双手柔软地握着我的手，我顿时感到一股温暖在传递——时空在此定格，记忆在此永驻，我记住了这一缕金色而温暖的阳光，记住了太行山这个冬日清晨的暖阳，记住了这一张张真诚、坦率、朴实而热切的笑脸……一上午，我们就着几颗花生、瓜子和热茶，谈起了左权的诗歌和他们的创作历程……

是年9月18日，左权县举行"辽县易名左权80周年纪念活动"，中国外文局副局长兼总编辑高岸明率外文局报道矩阵亲临左权并启动人民日报、光明日报、中国日报等央媒采风活动，活动中，我们中国外文局驻左权帮扶工作队向高局长汇报了左权县帮扶情况，呈上了县文旅局、文联等关于出版诗歌、非遗图书推进文化帮扶的请示，从那时起，左权诗歌协会诗集和其他两套丛书出版事宜进入了外文局的工作统筹，局办公室孙志鹏副主任曾在左权县麻田镇任职，热心而专业，他总在关键环节推动着诗集出版的工作，外文出版社、新世界出版社的责编们辛勤工作，都为了这几套丛书早日面世。因为，革命老区文化事业的发展也是乡村"五大振兴"的重要内容，是太行山乡村历史和自然风貌、太行山人心灵和情感源自灵魂深处的表达，需要汇入时代的洪流并展现给全中国、全世界的人们看，需要推介和宣传左权作为太行山上革命圣地"小延安"、鱼米之乡"小江南"、陆地桂林"最美太行"的山水人文，需要让更多的人知道这里人们的精神追求、心灵需求、最美风光，需要大家到左权来共同交流、发展，共襄乡村振兴之盛举！

左权这几年发生了巨大的变化，围绕"红色左权、清凉夏都、转型高地、太行强县"的特色乡村振兴日新月异，向国际国内展示着更美左权和更美左权人。韩建忠、乔叶、常丽红、李立华、于广富、刘利、崔志军、郝志宏、白帆这九位左权县的优秀诗歌创作者，正好从20世纪50、60、70、80、90年代依次递代生长，贯穿了社会主义建设、改革开放、现代化建设

III

等阶段，共同汇聚于中国特色社会主义新时代，沉淀了几个时代的感受、思考和情怀，凝练了自身和时代共同经历的贫寒、苦痛、迷茫、欣喜、阳光和顿悟，伴随着时代一同发展和进步。九位作者，都生活在生产、劳动一线，而且多数都在为生活而苦苦地、匆匆地奔忙着，个别人生活尚处在基本温饱线，但他们没有停止精神的追求，没有放下善良和悲悯的情怀，没有抱怨命运的安排，更没有等靠要，而是努力奋发、自立自强，在各自的岗位上发挥特长、勤恳工作，而且保持火热、慈爱、奋进之心，带着精进的意志和思索、智慧的头脑，在太行大山上，在生活的征途中，踏歌而行。

实践的土壤给了他们创作的泉源，生活的磨砺给了他们不屈的魂灵，激发了他们创作的动力和灵感，九位诗作者向阳而生、用心比兴。乔叶，先天弱视，丈夫重病，一人扛起家庭重担，带着丈夫进城谋生，住过零下20多度的出租屋，在雇主家里做过保姆，在街头卖过包子，奋斗到今天，成为省作协会员、《左权文苑》执行主编；崔志军，做过农民工，做过厨师，后成为事业单位临时工并坚持创业，现为县诗歌协会主席；韩建忠，上山下乡当过"知青"，入伍四年三年班长，痴心红色文化宣传、剧本创作并颇有成效，多年来没有报酬却无怨无悔，而他充满感染力的朗诵传递着激情、热爱的家国情怀，不逊专业水平；白帆，晋中师范学院中文系毕业后立足自身专业，一边攻书法、写作，一边在工作之余创业，在地下室建了一个装裱店，可见他肩上的担子并不轻；郝志宏，历经村、乡、公安系统多个岗位，业余时间写诗，累且思考着、快乐着……九位诗人中，鲜有专业出身和传统意义上的文人诗人，仅有左权中学语文高级教师、中华诗词学会会员常丽红长期专攻古典诗词创作；东北师范大学中文系毕业的于广富，在高中系统参加过诗歌培训、大学时创办文学社，毕业后在机关从事文秘工作，并在新华社《对外宣传参考》做过编辑……专业人士寥寥，倒是生活的磨难从不缺席，感悟生活、思考生活的秉性也从不缺席……生活中所有的苦难经历和折磨，都不妨碍他们对于诗歌的追求，不妨碍他们对于生活的热爱、思索和表达……谁说，生活大学、社会大学、人生大学不是最好的诗歌培训课堂？谁说，生活、社会、人生不是最好的老师？正因于此，他们才更接地气，诗歌的形式才更加质朴、表达更加执着，向上生长的力量更加强大！左权中学物理老师刘利在教学之余"写心写情写这人间百态"，他认为"诗是美的，诗是真实的，诗更是发自内心的""我妄图用最简单朴实的语言，表达内心里的种种，诸如爱、诸如恨、诸如忏悔、诸如怜悯、诸如思念、诸如纪念、诸如得失、诸如呐喊、诸如愿望、诸如希望……"当是这群太行行吟诗人的共同心声。

"梁志宏／手中捧着一束山花／这束满天星／等了他七十六个春夏／七十六年前／梁志宏的叔父十六岁／在这束山花旁／目睹了左权将军／在榴弹的爆炸中倒下"韩建忠《十字岭的山花》流淌着这座英雄城市对英雄的追忆和执着追求；白帆在《旧居里的木槿》旁浅吟低唱："时常有人在左权旧居／游走或是停留／迎来送往的时日累积／茂盛着院里的两棵木槿／我站在树旁／嗅一瓣花的滋味／连同历史咀嚼入喉……""告诉我旧寨在哪里？／旧寨还远不远？／我家是旧寨哩，你知道不？"崔志军的《寄往旧寨》用一位坚守老人的话道出对历史和家乡骨子里的思念；"我又在联想／许是佳人思君，泪流成溪／桥边栽下相思树／多年后／君子成树／树成君子"郝志宏巡游山岗，见《那棵沙棘树》矗立清溪和石桥旁，顿生相思；而李立华在《所有升起都簌簌落下》中感悟"白云升起／雨簌簌落下……所有升起都簌簌落下"的世间循环大道；悟道"上善若水"的于广富则在《此刻，我只与月光为邻》中感悟："水总是淡然而去／有很多的悲伤在微澜下面／激走，一些忧郁也在顺流而去／这样的时刻，总能让人的／内心，平静如水"；感恩的乔叶在《六月的海》中描述自己不仅时刻保持一颗感恩的心，且因此"面前出现了真实的大海／展翅飞翔的海鸟、辽阔湛蓝的海水／我在欢喜中醒来／哦，海是书／书，是我的心"生出进取之心；而刚出版了《漱玉心莲》格律诗作的常丽红在《将军峰》中，以笔为刀为曾经横刀立马、带领八路军指战员浴血战斗在这片土地上的彭大将军塑像，虽弱女子却愣是刻画出铁骨铮铮："他就是一座活的山峰／巍然屹立，铁骨铸就，铮铮似你／手执望远镜，观山河，誓补金瓯／观风烟，欲刃雠寇／观村庄，欲挽民出水火／凛然，凭谁敢来叩犯"！

……

诗言志，志为心声；歌咏言，言亦为心声。当"志"和"言"皆为心声之自然流露、嘹亮飞扬，并与天地之浩然正气、人间之沧桑大道汇成时代之滚滚洪流，左权诗人，在太行山上的行吟、踏歌，将响彻华夏大地！

同时，诗歌是文学皇冠上的明珠。需要不断精进、攀登，甚至向苦而进，向苦而精，才终将千年流传。今年9月23日，正值秋分之日，我从桐峪镇出发，徒步八个半小时、七十华里翻越海拔近1500米的土门岭走到左权县将军广场时，诗歌协会的诸位同仁早已在广场等候，对我说："有志者事竟成！"其实，他们是说给自己的——有诗者，事竟成！

值此左权县诗歌协会诸君精雕细刻的大作

即将出版之际，再三嘱我为序，推辞不过，愿以此为契机，以"外文局人、左权人、工作队员"的三重身份——

感谢中国外文局领导、帮扶办和各位同仁对老区的全面关心、帮助、扶持，感谢左权县委县政府和各级同事为这片土地的殚精竭虑、团结奋斗。

感谢左权人民，在这两年多的帮扶工作中，给予我各方面的帮助和关怀，我真心感到革命老区"人人是教员、处处是课堂、时时受教育"，这座山和这座山上的人们对我的恩泽，一生感恩不尽、受益无穷。

感谢外文局驻左权帮扶队各位队友和社会各界人士，一同为革命老区脱贫攻坚、乡村振兴做出的无私奉献和一致努力！我们有理由相信：俗称"表里山河"的大美山西，在三千万三晋同胞和十四亿华夏儿女的共同努力下，乡村振兴将伴随中华民族伟大复兴的脚步，铿锵有力、踏歌而行！

是为序。

楠　杰

2023年国庆

句子里的温度（代序）

崔志军

在左权县这样一个小小的县城，可以聊诗的人不是太多，可以聊现代诗的人更是屈指可数。而在可以彼此聊现代诗的人之中，白帆一直是我比较关注和欣赏的人。

和我一样，一开始白帆也在县里某单位当临时工，工资赚的不多，生活不至于辛苦，但是着实郁闷。2017年之前我们都一样，不过是白帆一边上班，一边寻找自己的爱情，又一边用诗给自己的路做着标注。而我同样，一边上班，一边在生活里沉默，又一边在诗里不停地絮絮叨叨。我们都不知道在左权这样一个地方还有谁在写诗，还有谁关注着现代诗本身。那时流行高晓松的一句话"生活不止眼前的苟且，还有诗和远方"。我想之所以高晓松的这句话能很流行，不过是大众心里缺什么就喊什么而已。

但是大家也都是喊喊就罢了，或者最多在旅行的时候配这样一段文字当作自己的文案，朋友圈里没有几个人真正的喜欢诗，真正的买一本诗集来看看。

我们是2017年认识的，缘于诗，缘于县文联孟主席。当时因为中国诗歌学会要来左权给作者"扶贫"，但是左权真正写现代诗的人都是散兵游勇。于是孟主席让我组织成立左权县诗歌协会，便有了我和白帆的认识。想来也不长，不过短短的六七年时间，但是这六七年的时间对于白帆改变还是很多的，除了生活本身之外，诗的改变是更多的。

闲言少叙，我还是从诗开始来介绍白帆吧。既然这是在为白帆的诗集《旧居里的木槿》写序，那我们还是要回归诗本身。这本诗集的电子版，我拿到手里大概也二十多天了，一直在翻，但是一直没有动手来写。因为我需要有一个完整的，足够长的时间来完成，而平时我自己工作，店里、家里琐事太多，而今天正好五一假期，我又正好在单位值班，这个时间刚好可以安静坐下来用一整天完整的时间来说出我对白帆诗集的感受。

作为一个诗人，一本诗集的出版，就像自己的孩子出生。而一本诗集的命名，就像是给自己的孩子起名。《旧居里的木槿》作为诗集的名字，也作为这本诗集的第一首诗，一定是有分量的。旧居是左权将军的旧居，木槿是抗战先烈后代亲手栽下的木槿，我知道白帆曾经在麻田八路军总部纪念馆工作过，可能对抗战历史更为熟悉，对那段烽火岁月的感触更为深刻吧。

其实每一首诗都是备忘录，每一首诗都是对记忆的切片，我们想把记忆里的某个片段放在显微镜下观看它的细节，去搞懂它的来龙去脉，这首诗就是白帆记忆里的一个切片。

"时常有人在左权旧居
游走或是停留
迎来送往的时日累积
茂盛着院里的两棵木槿"

这"时常"和"有人"中间分明是作者自己的身影。我能看到白帆在木槿前驻足停留的情形。"迎来送往的时日积累，茂盛着院里的两棵木槿"。其实我们都知道茂盛的木槿和迎来送往没有一点关系，只是和时日有关，和时日的积累有关。但是白帆这样一写，就一下子让人产生了联想，这迎来送往的原动力，是左权将军勇于牺牲、无私奉献、知行合一的崇高精神，是万千太行儿女团结一心、百折不挠、浴血奋战的不朽力量，更是革命后代赓续红色血脉、续写时代华章的品质传承。而这两棵木槿又怎么不是呢？作为一个左权人，左权将军早已是我们的精神烙印，而他的旧居，他院子里栽种的木槿树，都是我们追根溯源的线索。虽然写左权将军，但是白帆的这首诗没有从宏大的、口号式的语言来进入，而是选择从平平淡淡的日常进入。我们继续再看：

"我站在树旁
嗅一瓣花的滋味
连同历史咀嚼入喉
仿佛遇见
将军踱步小院运筹帷幄
百里开外战火连天"

开始是一瓣花，结尾是战火连天，像是一场激烈的厮杀，而背景音乐却慢的，淡淡的。强烈的感觉反差会让人在战火连天的背后，让人深思令人痛心的历史。我想左权将军也曾无数次在小院踱步徘徊、运筹帷幄、决胜千里。

"旧居里的木槿
绽放了好多年
老辈的憧憬

是富足当下的你我
而这段真实的事像这木槿
在旧时光的土和现在的土里
融为一体且常开不败"

是的，花儿绽放了好多年，左权将军那代人的憧憬，已经在我们眼前展现。诗的结尾白帆用了旧时光的土和现在的土来结尾，来承接将军遗志，以土代人，让人产生了更多的联想。而一句常开不败，更是让整首诗有了一个完整的结局。

其实，这首诗不过是某一次的驻足，某一次在木槿花前的凑身一嗅。从花儿到将军是自然而然的，但是怎么能够把自己那一刻的所思所想凝结成一首诗，是需要技巧的。从这首诗我们也能看到白帆的思考，白帆的细腻，白帆的诗性表达。作为开篇第一首诗，我个人觉得这首诗不是他最好的一首诗，但是从情感来讲，这首诗是可以作为开篇的。作为一个左权人，没有什么比左权旧居、院里的木槿以及将军精神、太行精神更能代表我们内心的崇敬之情，也更能令我们奋发，令我们勇敢担当的了。

一首一首翻过白帆的诗集，我看到了我们曾经相同的经历，每一首诗都有时间的印记，而有些印记我们是一样的。比如《在太行冰酒

V

小镇》《走在旧村旧院》，比如《在辽县抗日战争纪念馆》《文峰塔下》，曾经的我们一起走过这些地方，而现在，每一首诗都成了打开记忆所需要的密码。整个诗集，我也能清晰地看到白帆在写诗这条道上走过的痕迹，比如早些时候的《何处》。他这样写：又匆匆去了一秋 / 躲不过时间的流 / 是荒废了的愁。这个有点刻意押韵的嫌疑，和我一开始写诗的时候一样。再比如《闲暇感雨》里写的：雨润万物也滋润了人们的心灵 / 愿滂沱过后 / 也将世俗的匆忙带去 / 闲暇感雨 / 梦是那一片虚无。我能看到我们最初写诗时寻寻觅觅又稍显茫然的痕迹。我能看到曾经的我们满腹诗情，却表达得有点词不达意的最初，而且特别想写得虚无，想写得饱满，想写得特别。就像刚才这首诗里的句子"雨润万物也滋润人们的心灵"，这样的句子好不好不说，都已经被别人用了很久很久了。再看结尾，"闲暇感雨，梦是那一片虚无"。这个虚无用得稍显生硬。

我记得 2017 年的元旦前夕，中国诗歌学会一行四人来到了左权。有周所同老师、程步涛老师、韩玉光老师和吕达老师。老师们给左权诗歌爱好者分组进行指导，至今我都记得我是和周所同老师一组，白帆是和韩玉光老师一组。我记得当时老师给指导结束后，白帆跟我说了一个词：白描。跟我讲韩玉光老师说最初学写诗，要学会白描……

在白帆早期的诗里，确实能看到一些多余的表达，一些刻意的痕迹。这是每一个人在写诗道路上必须走过的路，但是通过老师们的指导，以及白帆自己的思考和积累，白帆的诗慢慢地在发生着变化。比如这首：

《点燃一支烟》
我不抽烟
却喜欢点燃一支
任凭烟雾缭绕
弥漫在午后的阳光里
看烟头通红，烟丝燃尽掐灭
窝在沙发一角
感受满屋烟火气
连同天的温度和你的温度
一并用来调剂生活
睡意蒙眬
我用三支烟的明暗
挥霍了一个下午

从这首诗，我能明显看到白帆的诗在成长。没有了多余的渲染，干净、凝练。每一个句子都有所来，又有所去。三支烟，一个下午，就是一首诗。越这种小情感，没有实际意义的东西越是难写，很容易就写得啥也不是。但这首诗处理得很好，很多细节都很到位，虚实结合，结尾也非常好，是我喜欢的一首诗。

再后来的白帆遇到了爱情，遇到了爱妻，又有了可爱的女儿。我喜欢他这些充满爱的诗，不时地为他写出的诗句赞叹不已。比如诗里的女儿：黑夜让百草挣扎／月色让万物发光／屋檐下，女儿那么可爱。比如写给妻子的：我愿意把心封存在你胸口／用烛火跳动为证／言之凿凿／终身存放。还有一首诗是这样写的：无非是一个风风火火、敢爱敢恨的女子／把一个，有时木讷的男孩／举在云端／赠他春风送暖／许他寒风造次。他在这些诗句里总是留着爱与被爱的温度，读起来让人心生暖意。像这样的句子还有不少，比如这句：如果凌晨两点你也没有睡／那一定会打个喷嚏／是我托寒流捎去的思念。这都是一些情感分辨率很高的句子，值得我们一读再读。

这么多年来，白帆一直没有离开过诗，尽管最近一段时间因为工作的关系，他写诗少了，但是我知道白帆和我一样这辈子都不可能没有诗。尽管我和白帆的性格有所不同，但是从来都没有影响我们之间的情谊，我的诗有什么问题，白帆会直言不讳地跟我讲，我也愿意接受白帆的意见和建议。我们虽然认识的时间已经六年了，关系一直也特别好，但是我总觉得我和白帆之间的情谊还没有真正开始。

  一本诗集的出版，只是对过去一段时间的总结，未来的路还很长，我们的诗还会一直写下去，这次我们的丛书里也有我的一本诗集，能和白帆同时出诗集，也是一件令人快慰的事情。能给白帆的诗集写序，更是令我荣幸且惶恐。只愿拿到这本《旧居里的木槿》的人，不要因为我拙劣的序言，而减少你们对诗集的兴趣。我想这本诗集，如果此刻正好在你的手里，请你安静地读下去，或者你可以放在你随手就可以拿到的地方，有时间了，你随手打开，无论你遇到哪一首诗，如果它能让你停留，让你有瞬间的宁静或者思考，那就是白帆以及像白帆一样的诗者最大的荣耀。而在这本诗集里，我已经收获了温暖，收获了温情，收获了太多的惊喜和感动！

（崔志军，左权县诗歌协会主席）

目 录

第一辑 心安之地

旧居里的木槿 /3
通往胜利的路 /4
心安之地 /5
小城左权 /6
雪夜，写在八路军总部驻地 /7
在辽县抗日战争纪念馆 /9
在文峰塔下 /10
在祝融祠 /11
在桥上踱步 /12
落叶辞 /13
夜里，在祝融公园 /14
接受麻田八路军总部纪念馆的洗礼 /15
家住辽县 /16
开花小调 /17
窗外 /18
盗洞 /20
宁静 /21
今夜，我和衣在月色下濯发洗身 /22
待见你 /23
桃花红，杏花败 /24
偶遇 /25

在太行冰酒小镇 /26
走在旧村旧院 /27
冬日抒情 /29
脱贫攻坚进行时 /30

第二辑　梦醒时分

梦醒时分 /35
月亮谣 /36
一个夜晚一场梦 /38
宿命 /40
酒话 /41
夜色 /42
雨夜听雨 /43
织女牛郎 /44
比悲伤更悲伤 /46
午夜辞 /47
被遗忘者 /48
中秋夜月 /49
等一场雪 /50
梦 /51
生在牢笼 /52
大树底下 /53
一夜春雪 /54
翅膀与海啸 /55
立秋 /56
晌午的落叶 /57
大雾之下 /58
烦躁的时刻 /59

逃的钱行曲　　　　　　　　/ 60
静电　　　　　　　　　　　/ 61
夜　　　　　　　　　　　　/ 62
元宵夜　　　　　　　　　　/ 63
山脚下的冰疙瘩　　　　　　/ 64
独自驱车走走　　　　　　　/ 66
闲暇感雨　　　　　　　　　/ 67
失眠的人是可耻的　　　　　/ 69
家门口　　　　　　　　　　/ 70
怎么醒来　　　　　　　　　/ 72
又起风雪　　　　　　　　　/ 73
邻里的婚丧事　　　　　　　/ 75
何处　　　　　　　　　　　/ 77

第三辑　简单之喜

她不喜欢雨　　　　　　　　/ 81
在冬日纠结成风　　　　　　/ 82
简单之喜　　　　　　　　　/ 84
初雪的早晨我又想起了你　　/ 85
我的恋歌　　　　　　　　　/ 86
那夜，在烛光里　　　　　　/ 87
我的妻子　　　　　　　　　/ 88
与君说　　　　　　　　　　/ 89
我还是喜欢夏日　　　　　　/ 90
练习书法　　　　　　　　　/ 91
短暂的一生　　　　　　　　/ 92
为一双旧拖鞋而作　　　　　/ 93
许久未见的事物　　　　　　/ 94

下了两场雪 /95
回家的路 /96
用疼痛迎接新生 /97
点燃一支烟 /98
又一个失眠的夜 /99
整个世界 /101

第四辑 孤独之旅

一张合影 /105
我的太爷爷 /106
草木一秋 /108
爷爷的葬礼 /109
父亲是庄稼人 /110
火棘果 /111
母亲张俊兰 /112
祭祖 /113
我的父亲 /114
父亲的冬天 /116
西北风烈 /117
送弟弟远行 /118
花季 /119
罪过 /120
唯有读书高 /121
保洁员净生 /122
病体之身 /123
流浪汉 /125
三个诗人的端午 /126

在崇宁堡	/ 127
打核桃	/ 128
在神农架	/ 129
秋夜思	/ 130
蚂蚁	/ 131
工人之心	/ 132
自然之歌	/ 133
风吹过一片草原	/ 134
牧羊歌	/ 135
落叶那么苍凉	/ 136
大雅君子	/ 137
砍柴憩庙	/ 138
影子	/ 139

后记：率性而为 勇毅前行

跋：歌飞太行情意长

第一辑

♦

心安之地

旧居里的木槿

时常有人在左权旧居
游走或是停留
迎来送往的时日累积
茂盛着院里的两棵木槿

我站在树旁
嗅一瓣花的滋味
连同历史咀嚼入喉
仿佛遇见
将军踱步小院运筹帷幄
百里开外战火连天

旧居里的木槿
绽放了好多年
老辈的憧憬
是富足当下的你我
这段真实的事像这木槿
在旧时光的土和现在的土里
融为一体且常开不败

通往胜利的路

继续往前走
通往一九四零年的小路上
八路军战士英勇顽强

我不会停下脚步
委身于一条道路的曲折
不会驻足于一片黄叶的凋零

勇往直前
大刀长矛,小米步枪
成群的部队勇往直前
这条小路通往抗战胜利

心安之地

在麻田总部工作的那几年
我总是早早翻身起床
楼下先烈的功绩
日寇的罪证
无不令人辗转
展厅里,铁证凿凿,铿锵无声

窗户外,树叶沙沙,花鸟啼鸣
小镇里的沟沟壑壑、一草一木
旧时的一些人和一些事
都在眼睛里重叠
充盈成血丝,纵横、刺目

起风了,我知道是春风
风所到之处均有百花丛生
红的部分虽用鲜血染就
但绿的部分,正展现出勃勃生机

小城左权

小城浮在云层
车流在天边穿行
我飘在高山一隅独自沉默
肉身太过疲惫
灵魂已荡过九重

天桥与落日交织
枝头绿意萌动
喜鹊仔细望过云端,开始啼鸣
我知道它在唤醒桃花,唤停车流

此刻,春风融化了乌云
小城又洗涤一新

雪夜,写在八路军总部驻地

大雪,再一次还给
麻田小镇
一个静谧的夜
寒风凛冽
抗日的烽火曾将这里燃遍

此刻,天地苍茫
枯草,已催生出数万军民的铮铮铁骨
迎风挺立
旧日的深恶痛绝
已在胸中回荡过千百遍

我知道,在无数个这样的雪夜
多少鬼子在潜伏作祟
多少民居被掏空、焚烧
多少八路军战士挥洒热血

头顶掠过的飞机大炮
轰鸣声响,如今历历在目

雪夜，铺天盖地的白
怎能颠覆漫山遍野的红
我站在总部驻地
把"将抗日进行到底"的誓言
再一次呐喊，一遍又一遍
一直喊到夜色深处，又见黎明

在辽县抗日战争纪念馆

从未有悲壮的故事
让我热血沸腾
而又热泪盈眶

辽县抗日战争纪念馆
灰地灰墙,黑白照片
阴冷、残酷、永不可灭

在展厅内沉默
军民鱼水可以感人至深
日军暴行亦可罄竹难书
我只好默默接受昏黄灯光的洗礼
接受历史的触目惊心

此刻,我只愿
和这些抗战遗物
再安静地待一会
历史的悲壮和凄苦
催人奋进

在文峰塔下

太行山巅,有一座塔孤傲而立
唯与圣人、山风为伴
雄踞鳌峰而看尽辽州变迁
文峰塔沉默两百年,继续沉默

在盛夏的某一时刻
塔前热闹非凡
芸芸考生,驱赶着梦想
沿着山路盘旋而来
把祈祷倾注于此

人生有很多仪式
庄重过后,平淡浅浅而来
再登一次山,虔诚地作个揖
就走吧,以塔为笔,写就人生

许多年后,有人前来还愿
与塔一并沉默
我们活在塔下,终将负重前行

在祝融祠

这一回,我茫然地走在祝融祠
就像一个无知的古人

华灯初上,却不是烛光
霓虹灯都亮了,烛火不知何时
被谁吹灭

空有一条青石铺成的小路被修来修去
就像这碎青石,反复地被搬过来搬过去
就像这脚步,走走停停

事实上,我走在这青石小路间
却无法遇到一个担柴的农夫,渐行渐远
又或者,看到一座破落的院子
升起一缕炊烟

在桥上踱步

夏有凉风,夜有霓虹
心无定所,夜非夜
景也不是景

大街小巷匆匆走过的
是别人的生活
试着把失眠治愈,开始做梦

梦里的两三事,是明天
也是明日之虚空
孤独时,我在桥上踱步

落叶辞

在深秋,一个人走进麻田深山
无所谓漫山遍野的枯黄与败落
无所谓凌厉的秋风兀自摇曳着整个山坡

人走茶凉
比如秋风,比如落叶
除非把自己的内心刻在春天

我从来只是一片不会言语的落叶
清晨在一阵微风中醒来
飘摇地回归大地

夜里，在祝融公园

黑夜总是黑色，即使灯火通明
一个人总是无处可去
我只好避开行人，避开大路
站在火神之地，独饮凉风
此刻，身边已没有景，只有思念

那些杨柳、松柏、佛龛、香炉
那些菩萨、那些罗汉、那些神明
在夜里，闭门谢客、冷眼旁观
我们都是孤独的，像这黑夜
把世人推至边缘

黑夜总是黑色，即使月明星灿
一个人总是无处可去
我只好在影子里寻找光芒
在黑、白、灰里
辨识出草坪和小路
灯光黯淡过后，金乌会挥手

接受麻田八路军总部纪念馆的洗礼

走到一把砍刀前
看红缨红过鲜血
走到一袭军衣前
看灰色灰过灰烬

在麻田八路军总部纪念馆
有人在锈迹斑斑的行军锅前
沉迷于野菜和树皮的滋味
而我走在一个铜质脸盆前
经受抗日战争的洗礼

家住辽县

《说文解字》中记载：
"辽，远也。从辵、尞声。"
"尞，柴祭天也。从火，从眘"
从"遼"字的间架结构
到祝融战胜共工的上古传说
到抗日的烽火燃遍辽州
从左权将军陨落
到辽县军民大败日寇
左权这片土地
得火种而万物盛

开花小调

桃花、杏花,盛开的时候
不单是花期使然
更多的是心花绽放
如果日夜兼程
爬山越岭的思念
足够让桃花走动,杏花飞舞

春风时节,看过了桃花盛开
眼睛里早已容不下杏花败落

窗外

我坐在电脑前
窗外是孤独的山
山上的树时常被风吹打
悲鸣、摇摆,许多叶子被风裹挟着流浪
风散了,叶子落在水涧里、荒草中
他开始怀念高高的枝

我坐在电脑前
此刻,窗外是广场
还有热闹的街
踢毽子、跳舞的人
用嘈杂和欢笑绑架了孤独
我讨厌坐在电脑前
渴望回到那年的果园
葡萄架下是一片瓜地,野草疯长
只给勤劳的果农留出
一条小路,蜿蜒曲折
大黄狗依旧在果棚下迷糊
打个盹儿或者与蚂蚱逗趣

我随手摘一颗苹果
就着满载果香的风咬一口
原谅了那个狡猾的虫眼和狐疑的甘甜

也许我内心珍爱的
从来都在窗外
随着叶子绿了又落
随车流去了又返

在一个似要降雪的傍晚
我介绍窗外的风
与回忆相识
任他在内心的四季里刮过

盗洞

麻雀啄饮沥青,聚集于城镇
在车流中追逐天空
老鼠撕扯钢筋,混迹于人群
在混凝土里探寻盗洞

这时光,高楼大厦异军突起
成为土地上新的霸主
隐去蓝天、掩盖黄土
把庄稼踩在脚下
把老农踩回破屋

驱车回家的路上
我有点不知所措
夜色里,天空越来越窄
建筑越来越高
从一楼到六楼
是自己挖向天空的盗洞

宁静

独自在滨河公园
到处都是轰隆隆的声响
路灯盖过了月亮的光
道路、工厂,一刻也不得停歇
若不是那风中摆动的蛛网
好久未察觉
世界如此宁静

今夜,我和衣在月色下濯发洗身

慢条斯理地往家踱
沉浸于一片罪恶的霓虹

小寒之夜是刺骨的凉
久违的雪还在路上

凉风瑟瑟,凋零与苦涩交织
我把自己安置在冷月之下
模仿冬青,兀自沉默

该落的叶,都钻入泥土获得重生
该走的路,还在原地

我假装和流云步履成对
用失落的心思
洗涤月光,洗涤必死之身

待见你

六百亩桃花开不怕羞
一树梨花开愁煞个人
想给哥哥洗衣裳
想把花戴给哥哥瞧

石头开花铁了心
流水拐弯把情话捎
一瓣心开花，两瓣瓣红
眼睛里、嘴巴上都是妹妹你

春风开花自香甜
流水抱着石头走
和妹妹疙梁上手拉手
哥哥我真是待见你人

桃花红，杏花败

桃花正旺，杏花败落
花期易逝，爬山越岭难寻你
榆树开花，圪节太多
错落有致，疙瘩脑袋窍难开
金针针开花黄艳艳
六瓣瓣分离难成双
哥哥妹妹苦相思
有锅无米白添柴

桃花是红，杏花是白
殊不知是桃花正红，杏花开败

偶遇

烟雨人群
环抱着一场婚礼
满园硕果、满园秋色
一切遵照命运
发生在小城一隅

爱的协奏曲不绝于耳
我很自然的
假装错过一场,又偶遇一段

秋风漫过群山,漫过鸟鸣
漫过果园,漫过鲜花、草坪
漫过感动,再漫过我
像白头偕老的人
在朝我的方向,走来

在太行冰酒小镇

注定,会有风来
吹来一片云彩
就像此刻,停滞左权湖边的
还有让人激灵的雨
请陪我,和我的眼睛一起
再次拂过辽州大地

注定,会有客至
饱尝石匣之水
又饮过左权山风
和葡萄一起,变得灵动
酵成美酒佳酿

注定你我,都喜欢这里
喜欢鲜淼小镇
种豆、牧羊都好
或者干了这杯冰酒
像草木一样多情
然后一起,幻化成蝶

走在旧村旧院

跌跌撞撞地
走在旧村、旧院，旧街小巷
我处处小心，步步生畏

抬头是残破的屋檐，低头是疯狂的枯蒿
亭台楼阁，曲径小道
旧时的风采，恍惚可现
牌楼上"凝瑞、吉祥"的字眼
被风雨打磨成天书
我似懂非懂，继续前行

再走几圈，试着摸清方向
试着居住在这里
扫院、拾柴、生火、煮饭
与乡里相邻忙忙碌碌

在南墙下驻足
望过风的流动、水的平静
我就该走了，空留一地脚印

杂乱、杂乱

夕阳西下,满地金黄
山河大地都是故乡的美
是愿意埋葬这里的
生死相依的美

冬日抒情

准时步行上班
和落叶一起浮在风里

看阳光,慢慢驱走
那抹白色的月亮

我穿过行人,穿过嘈杂
在红灯亮的时候,寻找片刻宁静

那草丛扑棱棱震颤
有麻雀在歌唱冬日的冷与暖

我何时替代你
隐匿于冬青树下
简单到
低飞、蹦跳、觅食、求偶
昏昏欲睡

脱贫攻坚进行时

一

一条条大路通往富裕
一批批帮扶者搭建桥梁
连接小康

扶贫的人来了
困难群众正在与苦难的时代互道
珍重,再见,
永不相见!

二

策马奔腾,在偏远的贫困县
左权,抗日的烽火已然散去
军民一起开垦过的土地
正以欣欣向荣之势生长

红色景点、绿色植被
在这里遍地花开
那些消逝的与走来的

无不熠熠生辉

三

孩子们端坐在教室里

书声琅琅

"恰同学少年,风华正茂……"

大人们忙碌在田间地头、车间工地

汗流浃背,感叹生活

为何这般熙熙攘攘

在一节课的间隙

漂泊之外的身躯、木讷的眼神

与求知的明眸对视

又湿润了多少人的睫毛

四

一个孤寂的大爷

在村口的石头上坐着

他吧嗒吧嗒地抽着烟

用手把裹紧的衣服

紧了又紧

我走过那个村庄

走近他的身旁

开口和他聊几句
那些心酸与苦楚
他总是乐呵地带过
再讲眼前的美好

山高路远，人走茶凉
本该曲终人散的高龄
迎来一队青年
扶贫让我们又一次
更加紧密地团结在一起
进村的青石路又被磨得光亮
他们用自己的青春
为贫困扛来一片温情

五
旧屋、老宅，老锅、矮灶
贫困的印记正在消失

贫困的人，终将走尽
我们扛起一片阳光，大步流星

第二辑 ◆

梦醒时分

梦醒时分

星河漫灌,胸腔似有千钧压迫
挺腰挣扎、抬手挣扎、扭头挣扎
思绪也在挣扎
失眠的过程就像失恋

梦魇里的青山小路、遍地黄叶
长发旧人,一去不返
这秋,连夜赶着风雨,肃杀四方
绝情的时候多,留恋的时候少

黑夜让百草挣扎
月色让万物发光
屋檐下,女儿那么可爱

月亮谣

在午夜,掐着秒表就好
不言不语
想着心爱的画
想着心爱的诗
想着心爱的人
想着和月色一起
变得空灵

静寂之外,我看见
月光落地时的慌乱
像此刻的思绪
有意的、无心的、恐惧的
浅浅涌来

若不是黑夜呀,你将怎样靠近
我的手、我的脸和我的眼睛

若不是黑夜呀,叫我怎样
望穿屋脊、越过山川与河流

坠落在一片橙光里

翻身下地,我捡起小块月亮
在枕边摊开,重新开始
盼望失落的蓝天、白云和绿草

月亮呀,为何你溶于恬静
又摇摇欲坠,惊扰我
和我的思念

一个夜晚一场梦

每一场梦,都是一场洗礼
那些铭记的、遗落的
密不透风的事
一幕幕重演再现

天空总是灰暗
即使山花烂漫,日撒斜阳
即使绿草盈盈,溪水奔走
孤独的野树还是习惯孤独
习惯放走一路山风
又放走一路飞鸟

白天日暮不够
失眠酣睡不够
前世今生不够
一场梦足够
把清平的一生
过得泪流满面
过得金戈铁马

那一夜，我就踉踉跄跄
反反复复，山一程，水一程
走了好久，爬了好久，哭了好久
在悲壮中，清醒了好几次

宿命

庙门口
一对石狮,已相望多年
还要再相守千年
沉默、对望,迎来送往
各怀心事的赶路人
祈祷年复一年的风调雨顺

曾怀念顽石的姿态
身边鸟语花香,溪流潺潺
十里八乡的山路蜿蜒
庄稼人总有说不尽的家常事
秋风送来谷香
几家欢喜几家忧

某位,疑似要相守的良人啊
春易逝,盛夏不待
两座石狮被大红纸蒙过几次双眼
更无从说
但我知道,它背负过的千钧尘土
永远聚散无常

酒话

好像一个夜晚
有一群人,又在狂欢
务必把酒斟满
连同想要说的话,一饮而尽

热闹中的孤独,让人恬淡
我静坐在宴席一隅恍惚
像极五年前的白日梦
如今还在继续,从老林出发
而后回归深山

好像总有春风,吹来满座宾朋
你用一壶白水,把对饮的我灌醉

好像一个夜晚,酒话变作誓言
生活循环往复,新欢、旧友无常

好像一个夜晚,谢幕,
浓郁黑云那端,曾有万丈光芒

夜色

路灯有路灯的昏黄
槐树有槐树的婆娑
片叶凋零
秋天已是人间的秋天

无垠的夜幕下
黑色只属于一人
围墙里的私语我听不清
在空旷的庭院
闭上眼,失眠离我越来越近

雨夜听雨

在大山深处觅食
在密林深处寻糖
在梦境中翻山越岭
夜半惊醒，淅淅沥沥
雨还在下个不停

许多事不适合在雨天做
比如散步、饮酒、失眠，静听风雨
也更加不适合
一个人
独自去做

大雨害怕孤独，
打湿了整个小城
打湿了一个人的梦
我就听雨说话，
像时间匆匆滴落
落入而立之年

织女牛郎

天上一日,地上一年
织女夜夜笙歌
牛郎朝升暮合,守着子女
郁郁寡欢了好多年

王母随手指点的银河
早已把人世,划出个三六九等

一年一面的虚无,以及
三百六十四日的清苦
除去等待,还是等待

再次见你,仍是秋凉
好在佳期有约
哪怕风雨交加
我终会披星戴月而来

请你,务必也
柔情似水,含情脉脉

鹊桥只度化那痴情儿女

携一缕炊烟
守一份温情
拥一双儿女
在人间也是天堂
在地狱也是天堂

比悲伤更悲伤

悲有悲语,痛有痛言
全世界的人都把眼泪
放在眼角,落在脸颊

如果将我拱手送人
那一定是我自愿的
就不要回头了
你把爱放在悲伤里
我把爱带入坟墓去

你我都是旁观者
需要把泪堵在胸口

午夜辞

子夜,黑的透亮
凌晨两三点,寂静无声
狗不吠,鸡鸣尚早
躁动的心,在肚皮外打鼓
我深明,远方依旧有诗
而远方,依旧随波逐流

不是每一个身披夜色的人,都在
安心入睡,我继续侧耳
于一片无声中,脱下夜色

被遗忘者

请乌云再次笼罩大地,让春雨连绵不绝
请燕子飞的再慢些,一些昆虫来不及逃离

望过窗外,绿叶盖过蓝天
昨天的一夜白雪
梦醒,已换做一树梨花
就像一丝清凉,或者一抹芳香
雪花不会结出果实,梨花可以

在树下,望着一片叶子发呆
静立不动,沙沙的风声响起
有几句,我似乎听的明白
如果三五成群交谈
我定充耳不闻
只待,春雨如期而至
我自会展臂相拥

中秋夜月

戊戌年，八月十五夜
我举头把月亮寻了好几遍

空洞的夜，无月
不见，即是圆满？或者
让多情的人，断了思念

百里开外，云层以上
我确信，那里有一轮圆月在发亮
于是我朝夜色拜了拜
许下花好月圆的愿

中秋，终归是个多情的节日
天空怕我空欢喜
把月光碎作一场雨
披在我的心上

此刻，如果心怀月色
便可以恬淡入梦了

等一场雪

许久没有举杯消愁
相比酒醉微醺
我更愿意去期盼一场雪
恬淡入喉清凉入肺
雪落在地上
也必落在心坎儿
白茫茫一片，足矣
抚慰世俗的不安

凌晨两点一刻
我还在等
望着窗外夜色愈亮
恍惚听见雪来的声音
那是安静
让人发慌的安静！

我没有说谎
此刻等雪的人
注定失眠
却不是因为孤独

梦

天幕与沥青路面一色

星星同路灯被人遗忘

黯淡的夜

没有鸟鸣没有喧闹

酒精协同毒药在胃里燃烧

肝作怪心已碎

体温感染了冬风

久吹不温

汗毛已立不起来

斜斜地指着家的方向

萎靡

生在牢笼

马戏团的铁笼里
偶传几声干吼
辨不清是何物在咆哮
不过，它警觉到外界的狐疑
一直在方寸间踱步

夜幕降临和赤日灼眼
都无法看见
铁笼早被蒙上一层黑布
躁动的心更忐忑
气壮的蹄也不得安宁
能奔跑多久
又或许难得这份变异的
清静

大树底下

如此慌张的一天
黑夜驱散阳光
有晚风吹过小城
吹过我,吹过内心深处

燥热的夏
烦恼也悄无声息
就像嘈杂忽起
在风中寻找宁静

这夜,拂过一阵凉风
吹绿万顷树木
打落无尽黄叶
多是衬着月光,沙沙明志
风雨迫近
正在滋养一场美梦

一夜春雪

两个季节都说不尽这一夜的滂沱

三月十八日
细雨簇拥着雪花,洋洋洒洒
随后,是一地晶莹
雪在下,雨也在下
世间如此清凉

我爱这缠绵的雨雪
零度左右,日光朦胧
一整天都如同清晨
时间,真的在此刻停留

如果闭上眼,什么都不做
沐浴在风里,只是呼吸,就能把
阳光、山川、河流、梨花、柳芽儿
连同冻雨的味道,一并卷入身体
若伴有一声鸟鸣
便是整个春天的温度
都提早,在内心安营扎寨

翅膀与海啸

花开有花开的烦恼
落叶有落叶的自由
石头的宁静和生活的宁静
都没有停止不动
冥冥中一些徒劳无功的事令我困扰

忽的想，做一只蝴蝶
羽化、飞舞、追逐、交尾
在雨中和花丛，奋力扇动翅膀
为那抹鲜红果腹
也为远方的那片海啸

立秋

片叶入秋
草木紧随其后
雨水半推半就
稀稀落落下到不休

一些迟来的事
迟过秋凉

秋收冬藏
我只寻得两颊清凉

晌午的落叶

正值盛夏
地上忽的有了落叶
在太阳炙烤下
变得干巴巴
有风吹过
在地上沙沙磨蹭
恐怕多一阵风
就会碎落在空气里

那些美好的绿色
不会永远停留在树梢
蝉鸣升起
这些急促的呼喊声中
有些许无奈
我听到一些东西正在渐渐逝去

忽的，急切地
想要去见你，对望中
我们彼此的眼睛里
眼睛里有一丝幸福闪过

大雾之下

驱车向南,公路逃出视线
天地是一杯浊酒,混沌不见归路
周遭悄无声息,晨风欲语还休
我自遁入困境

空气黏稠,往前是灰白
向后是灰白,不见
即是美好

举目四望,群山避让,万物去隐
山城空空,大雾独自苍茫

烦躁的时刻

二十几年,我平平淡淡的过
看树叶摇摆,活成秋风
看房屋孤寂,活出月色
石头笨拙,活成高楼林立
我行之单影,在烛下缩作一团黑
沉默寡语,偶有起伏

我就这样
一直窝在小城
活成一座小城
有凌晨的清静
大街的拥堵和人间的愁苦
有岁月的傲慢

逃的饯行曲

整个季节都在逃离
大风吹向西北
柳树颔首低眉
苍蝇摇旗、蝉在呐喊、蚊子助威
树叶开始泛黄

这些
该是逃离的饯行曲
逃去哪里
逃去找寻些什么

疲惫地睡与畅快地醒
梦里梦外,终不过一场大汗淋漓

静电

猝不及防

刹那电光火石

防不胜防

一触浑身战栗

在犹豫,再试探

在观望,再绝望

这一秒的闪躲

抵不过下一秒的刺痛

噼啪声响

指尖至大脑

一阵酥麻

啊,静电!

夜

霓虹闪至深夜
街头空空荡荡
酒酣的男人徘徊游走
无眠的女人轻轻啜泣
野狗在流浪
四处寻觅饱腹的肉骨

云在天空发酵
夜在暗中蒸腾
路灯星星点点
照亮有心事的人
指拨不该睡的路

元宵夜

未名的风从桥头吹过小城
吹去小寒,吹来立春
也吹过脸颊、发梢
我随空抓一把
还是冰凉在指尖流动

那些风流过岁月,流过元宵
流落在鞭炮、锣鼓、烟火和人群里
伴随光和声音散落在年的尽头

夜已失眠
狂欢在无垠的街
五彩斑斓里
殷红的灯笼晃动出孤寂
我那颗似要出走的心
就蒙在里面,随风摇摆

山脚下的冰疙瘩

山脚下被冲刷出几道三尺白绫

晃眼了蒙蒙冬日

不是赐死的催命符

是生命奔腾不息的流

你可知道

我要穿过云层

挣扎在旷野

躲过骄阳

避开秋风

绕路枯枝烂叶

在山岗上百转千回

小心翼翼地

经历泥土、细沙、青石

与径流和地下水汇合

拆散与分离

涓涓渗出的泪

是零度以下的拥抱慢慢给的

期待中绝望

我坚如磐石的心

和这冰凉刺骨的身

都是经历过百万回的虑

才与你相遇

独自驱车走走

黄叶蜷缩着身子,在马路上流浪
枯草匍匐在地上瑟瑟发抖
萧条的枝昏昏欲睡
孤独的巢虽静在
鸟儿已不知躲往何处

灰色的冬
扬尘更加肆无忌惮,让城市蒙羞
嚣张过迟来的雪,遮蔽万物
也侵蚀着无处安放的心

我独自驱车远行
与天地相融
享受虚无的时光
任凭窗外一景一物,闪现、切换
就这样寻寻觅觅
随意游走

也许在大雪过后
停留

闲暇感雨

六月天,风云变幻
大雨迎来
见着雨势喜人
我便按捺不住冲入雨里
仰面,与雨滴的接触沁人心脾
雨雾阴笼的天空下似置身于蓬莱仙境
感受微带着泥土芬芳的清新空气与满目清凉
神清气爽

潇潇却显一片静谧
尘杂也被冲刷一净
心境大好
思绪也如雨景这般
淅淅沥沥、虚虚实实
宁静却彷徨着

心意微凉
奈何这景
都说一场雨伴随着一场感动

只是当时已惘然罢

雨润万物也滋润了人们的心灵
愿滂沱过后
也将世俗的匆忙带去
闲暇感雨
梦是那一片虚无

失眠的人是可耻的

眼睁圆思绪飘
感受身体里的另一个自己
大脑空洞
世界一片清晰

那个懦弱自卑的影子
在此刻无限放大
是生命在消逝
灵魂却在成长

失眠的人是可耻的
听说每次失眠都会死一次
今夜之迷离
明日的苍老

幻想浴火涅槃
重新来过

家门口

家门前小巷很静
道路米字交错让人陌生
天色蒙蒙
太阳像一个白炽灯泡
满树的枯枝烂叶
是蓬头垢面的浪人

不远处
工厂积木点点
瓦片泛起灰黄
树皮惨白绣满了黑色的瘤
邻居大爷踉跄而过
皱纹又见深刻
我抬头望天低头看路
还是茫茫然

儿时的树总是青翠
阳光很暖微风和煦
小雀遍野人声欢畅

满街孩童乱窜
饭菜飘香时候
串联了相邻

手机里节奏融洽
红包把问候带过
汽笛轰鸣
初冬的风让人激灵
我行色匆匆的三婶啊
可否放慢脚步问声：吃了吗

怎么醒来

有一扇窗
还有一扇门
窗前翠叶飘摇
门前树干岿然、龟裂

梦一场
坐在窗边望月
站于门前看人
风停了
摆动的枝
还是盎然得意

又起风雪

熬过深秋以后
槐树就只剩黢黑的皮
悲怜惹人生气
迎风而立的景偶染风寒
冷清着眉眼沉沉欲睡
路人和松柏同样苍白了脸
哆哆嗦嗦
和时空相遇
凝结成一片云

她终归是没有爽约
裹着零下九度的体温纷落而至
槐树赴约时顶着愁生的白发
强颜欢笑
奔流的漳河水依旧没有停歇
簇拥着来寻的子嗣
绕过山坡和民房继续流浪
渡人的桥含情脉脉
又一次将风尘写入日记

你再次惊恐地

短暂滞留于小城的街

无奈与世俗的匆忙一起

被车轮和鞋底碾压

翻起一路黄泥

邂逅了久违的笑

又起风雪

干涩的眼角再次湿润

那是即将远行的

先兆

邻里的婚丧事

我在夜空下踉跄
严冬还是一样刺骨
院墙外有两种曲调
声声传入耳中
在喜庆和悲鸣里
我仿佛看到两个房间
均是高朋满座
一间迎新人欢歌笑语
另一间辞去旧人
痛哭流涕

这些声音从四面传来
在心中荡漾
有雪花刮入领口让我激灵
此刻我只想祈祷
旅途颠簸
愿所有的
亡灵上了天堂
新人永浴爱河

爆竹声响彻天际
划过星空
把胸膛映得透亮
却不是因为年关将至
而是在提醒你我
活着
或者活得更好

何处

清晨,太阳为世界镀下一层金粉
大山和路面的重影
是播下希望的种
暖色天空
温热在发芽

夜晚,月亮为万物披上一件蓝纱
楼房和树木的黑映
要沉寂冰凉的梦
冷色天幕
严寒想升华

我正好迷失
在晌午的不寒不燥
北风吹过阳光晃眼
不见匆忙不见影
逃不脱的炊烟环绕
又匆匆去了一秋
躲不过时间的流
是荒废了的愁

第三辑 ✦

简单之喜

她不喜欢雨

我说窗外风雨沙沙响
她说外面很安静
我们刚巧
没有在同一块乌云下

我喜欢雨
安静、忧郁、闲适
可以心安理得地
去浪费时间

她不喜欢雨
担心打湿心爱的白鞋子

在冬日纠结成风

冬夜,昨晚梦见你
那模糊深刻的梦境,令人烦扰
伤感的结婚典礼
迷情的短途大巴
温暖的亲朋好友
紧迫的日常琐事
难耐的熟人嬉闹
无常的事物走向
人生如梦,梦亦如人生

冬日,早晨心迷离
刺骨的西北风肆意横行
矛盾的思绪更百无聊赖
匆匆流逝的时间
慢慢游离的心境
遥遥无期的理想
茫茫渺小地担心
默默无闻地关切
走一步,再走一步

时间不足以改变任何事

窗外晨光还在
心中火焰还旺
直面严寒，如沐清凉
切莫纠结成风
一景一物，切换间
庄生晓梦

简单之喜

早知道,仅会在这里
逗留两天两夜
天怡山庄却不断让我欣喜

可以来自黄河两岸
或者来自太行山侧
我是一个喜欢听故事的看客
亦是当局者,我知道
普天之下莫非山水田园
有光的地方,会有朋友

于是有人,把自己袒露在果园
围着一堆篝火吵闹、奔跑
我也是

璀璨的烟火离我越来越近
今夜,可以纵情歌唱

初雪的早晨我又想起了你

披上那件旧外套
我又在窗前练字
重复地铺展宣纸
握起你送的笔
饱蘸浓墨却只字未书

窗外的雪和桌上的纸
苍白了整个世界
用一个恍惚的时间去思念
期待你同那片雪
历经四千九百米的路
在阳光下五彩斑斓
久温不散

我的恋歌

这世间,毒药那么多
解药那么少
我不知道,你明明怀揣解药
却让我,用心碎中毒
用泪水解毒

那夜,在烛光里

红烛点点

在我的胸口开出花

在我的喉咙结出果

哽咽在唇边

红烛点点

燃过一夜,燃起一生怀念

我抱你走过的那几步

悠久、漫长,地老天荒

拉着你的手

天气忽然变得温暖

杨柳发芽,桃杏花开

往后的许多年

红烛闪、红星闪

苍天为证,我用心吻过你的侧脸

我愿意把心封存在你胸口

用烛火跳动为证

言之凿凿,终身存放

我的妻子

一代枭雄的姓氏
一颗纯正的红星
外加一壶老酒的甘洌
无非是一个风风火火、敢爱敢恨的女子
把一个,有时木讷的男孩
举在云端
赠他春风送暖
许他寒风造次

庄重的二十八岁那天
我迎着月,她顶着夜
在两对儿红肿的眼睛里
他俩暗自起誓
悲,要相拥而笑
喜,要相拥而笑

与君说

须有酒,宾朋满座
在茫茫人海中孤寂
只一眼,便是你的模样

须把酒,与君对饮
在彼此的眼睛里融化
无须多言,请将杯里的酒
斟满再斟满,喝干再喝干
这一刻,所有的美好都涌向我
是春风造访,拂过我
所有的紧迫、所有的郁郁寡欢
我懂,再往前走,春山如笑

往后的日子,我们慢慢地过
让浮云先走,把纯粹留下
让流水先走,把宁静留下
让雪花先走,把朴素留下
我深知,从今往后
日落是你,月圆是你
举头是你,低头也是你

我还是喜欢夏日

盛夏被秋风驱离
但我还是喜欢
夏天阳光明媚的样子

蔚蓝如洗的天空托着阳光
阳光下万物皆是美好
葱郁的枝干托起绿叶
明亮的绿叶托起蝉鸣
浅唱美好的事物

奶奶的蒲扇托着凉风
把爱和期盼
摇进儿时的梦

练习书法

我总是铺开毛毡,铺上宣纸
把笔尖落在顿挫里
把顿挫放在笔画里

其实,活着很简单
就像练习书法
把点按下去,把勾提起来

就像砚台那么黑,加水也那么黑
就像留白那么白,钤印也那么白

短暂的一生

风从北面刮来
雨声反复,雷鸣间或
夜雨阵阵滂沱
落在树上、落在地上
落在心上

蚂蚁躲过雨水
麻雀叽喳,这夜有过
槐花短暂的飘摇
蜉蝣短暂的一生

为一双旧拖鞋而作

我从未好好珍惜
一双鞋子、一件衣服
或者一句温暖的话

这双旧拖鞋
鞋底纹路已不再清晰
仿佛提醒我,该舍弃了

我从未如此喜欢
喜欢一双拖鞋
喜欢到穿来穿去
鞋底被磨来磨去

是时候,放过自己
放过一双鞋子
就像悬崖放过流水
大海拥抱万物

许久未见的事物

车来车往,机器轰鸣
到处是工业的霓虹
一些美好濒临灭绝
稻草人哄赶麻雀
狗尾草随风飘摇
马兰花倔强绽放
蛙鸣阵阵,溪水潺潺流过
萤火虫的亮光星星点点
猫头鹰反反复复,叫声凄厉

下了两场雪

下了两场雪
一场刚刚结束,另一场就已开始
在两场雪的缝隙里,我努力寻找着鸟鸣
屋檐,电线杆
树梢,空旷的天幕
我的心
始终接受着阳光的款待,接受着雪
好像接受世上所有的不期而遇

回家的路

回家的路
只有我一人
孤独的天空下是孤独的街
晚睡的路灯衬托了失眠的夜
唯独一场酒把所有的不快乐
全部灌醉

狂风扬起一把积雪
装点了落单的灵魂
回家以后
我要再饮三杯
用来祭奠
未散的宴席和那年的你

用疼痛迎接新生

深夜清冷,妻子等待分娩
颤抖、尖叫、眼泪、阵痛,
是她唯一的语言。
除了呼吸
身体里就只有疼

无法躺着、不能站立
只是艰难地辗转、反侧、战栗
兀自慌张,殷切盼望

我们感同身受,请一起
用疼痛排挤疼痛
用重生迎接新生

点燃一支烟

我不抽烟
却喜欢点燃一支
任凭烟雾缭绕
弥漫在午后的阳光里
看烟头通红,烟丝燃尽掐灭

窝在沙发一角
感受满屋烟火气
连同天的温度和你的温度
一并用来调剂生活
睡意蒙眬
我用三支烟的明暗
挥霍了一个下午

又一个失眠的夜

耳朵掐着秒针
和脉搏一起躁动
大脑里
似乎有一锅煮沸的粥
我就这样迷失在夜里
错过一轮弯月
又错过一轮满月

常常想
捡起半瓶酒
肆意的醉
挠一挠蓬乱的发
再用右手
抹一把干涸的唇
让故事从头再来

很可惜
白天与黑夜
相隔了一个失眠

我努力在晚上追寻
如果凌晨两点你也没有睡
那一定会打个喷嚏
是我托寒流捎去的思念

整个世界

夜灯昏黄,温暖地晃着床头
凌晨五点的秒针,滴答走个不停

八个月的女儿咿咿呀呀
侧身、爬起,颤巍巍扑向我
父亲最先读懂
一颗乳牙的倔强生长

晨光沿着窗帘的缝隙
照亮卧室,照亮一家三口
照亮整个世界

第四辑 ◆

孤独之旅

一张合影

这是一张旧照片
三代人,爷辈父辈孙辈
时光不知疲倦地流逝

一张旧照片,等不及
四世同堂,显得那么苍凉
我的亲人正襟危坐

我的女儿,悄悄长大
我教他认识,这是老爷爷
这是老屋,这是爷爷,这是爸爸
爸爸也在变老,照片那样单薄

我的太爷爷

没有比未知、等待
更孤独的事
红月潜伏暗夜
晚风刺骨
落叶驱离夏末
有朵云彩展露光明

多年前,也是这夜
太奶奶翘首以盼
从事地下情报的太爷爷正当年
日寇无耻,枪声响过
一把忠骨葬于溪边
可怜的太奶奶正年华
地主老财无德
逼清白之躯坠入枯井
满留遗憾,追随丈夫阴曹从戎

年幼的泪
已把肉身浸成钢铁

时隔数年
我的爷爷在溪边和枯井
寻两具至亲合埋

年逾古稀，我常听
且爷爷多次提及此事
许多次眼眶湿润的时候
而太爷爷、太奶奶
此刻，
应该就在眼前了

草木一秋

秋风吹过,叶子沙沙作响
爷爷,父亲,我
三个人,穿梭在地里掰玉米
夕阳西下,我们同时望向天空
望着落日被月色取代

那年秋收时节
爷爷多像一株玉米秆
枯黄、消瘦,弱不禁风
淹没在大片庄稼地

爷爷的葬礼

想到死亡
想到亲人的哭嚎
想到唢呐的悲鸣
人世间就空荡荡

想到子孙
想到坟前的庄稼
想到埋葬的土地
人世间也满登登

想到陪伴,想到奶奶
想到山坡,想到瓜果
忘记赴死之路

父亲是庄稼人

除了在煤矿上班、下班
父亲总是匍匐在庄稼地
忙于耕种,忙于除草、施肥、灌溉
忙于等待收成
像一只拼命的蚂蚁
不知劳苦,又发不出声响
劳作、赚钱,养活一家四口

庄稼地里,我的父亲下跪间苗、弯腰除草
时而高于豆秧、高于谷物,时而又淹没
淹没在大片的玉米地、高粱地、山药蛋地……

我知道,父亲和这些庄稼一样
时而忍受干旱、承受骄阳,时而又期盼雨水
亦或者,只能呆在秋风里
眉头紧锁,学着沙沙作响

火棘果

火棘果很红
生长在崖边，生长在荆棘丛
生长在父亲长长的镰刀里
生长在母亲反复的呢喃里

时光像荆棘疯长
终日盼望着
只有在儿时的记忆里
父母秋收农忙时
带回来的火棘果
才显得那样甘甜

母亲张俊兰

我从未观察过母亲
竟然那么瘦了,牙口也不好
头发那样花白
我从未聆听过母亲
她说话那样柔缓
呼吸那样轻微

我怎么不知道,她时常心事重重
她时常有话和我说,她说
君子兰现在一面七片叶子了
君子兰今年开花了
君子兰今年第二次开花了
她说,你闺女把我的兰花摘了下来
又戴在了我的头上

母亲说,我包了饺子,你来吃吧
母亲说,我又买了一副碗筷,添丁进口

祭祖

大年初一
宜祭祀、宜祈福

跟随父辈爷辈
在坟前叩拜
点香烛，撒纸钱
浇素酒，祭饭微凉
把思念灌入骨髓

寒风漫过荒野
白雪兀自飘零
喜鹊喳喳，乌鸦哑哑
此刻
坟头有酒，可饮
坟头有餐，可食

叩完头就走吧
把酒留下，把酒壶留下
坟头有树、有草，阳光也很充足
适合容身，适合消忧

我的父亲

夜,我在家门口
久久无语之后
更是沉默
昏暗中,父亲的背
笔直,坚毅

始终不太敢,
直接与您对视
我怕四目相对
爱和勉励,以及期望
交接成一道凌厉的风
刺骨入心

时光催生出一位老者
那是您的模样
也放浪了一个青年
是高您一头的我
那些年温柔积攒太多
沉淀着走过的路

如今，磨砺出易怒的后半生

夜更深了
父亲啊
我会打破这黑暗
续写黎明
多年以后我会更像你
用尽浑身的力
扛起另一个家

父亲的冬天

父亲下班回家
把一身煤灰洗净
冬天那么清冷
在炉火中找寻温暖

父亲那么用力
在煤堆中敲击火焰
一面抵抗严寒
一面抵抗岁月

父亲那么用力
独自抵御严寒
冬天那么寒冷
反复拍打父亲

西北风烈

西北风烈,伴随着烟尘滚滚
久违的柴火气日渐浓郁
煤炭旺出一层炉灰
温暖了整个房间

一家人围坐顾盼
是两片花白又几道皱纹
时光在父母身上更显绝情
耳畔不绝的风波
是爸妈的唠叨
是挥散不去的偏头痛

在阳光或风雨里
除了眉眼弥陀的苍老
更有大手小手的重叠
一起往生活的焰里
添柴、鼓风,越燃越旺

终会待到燕子再回
门前牡丹叶绿花红

送弟弟远行

我常常躲在院墙里仰视远方
白云和树枝都摇曳在风里
吹落几场雪,也吹来点点新芽

丁酉年元旦这天,弟弟毕业了
我比他还要感慨
感慨脚下的路和远方的路
阳光洒落在地
像无法捡拾的岁月,让我惶恐

又一次送他去车站
和他一起感受行囊的沉重
那里装满憧憬以及信念
还有些许不安
我望着他的模样
渐渐融入许多人的背影里

那时光和车站,毫不吝啬的
吞吐着千万个年轻的游子

花季

五个中学生,三个派系
旁观者、施暴者、挨打者
女孩用数十个耳光,击穿夜色

镜头记录了青春期的破败
白酒、金钱和粗口,充斥在
年少的身体里,张牙舞爪

密集的巴掌,步步紧逼
有人附和,无人劝阻
我盯着夜色,看啊、看啊
沉默不知归处,巴掌痛打黎明

罪过

朋友与我说
同村二十八岁的晓峰
脑梗死亡
今尚未娶妻生子

双亲呼天抢地,绝望之余
急匆匆在西山寻一处清净落葬
送行路上有酒、有肉
还有孤独,比死亡可怕

村里多出一处坟
坟前多出一对人
六月的山头孤寂
阳光比以往强烈
心比以往凄凉
怎么晒也暖不起来

惟有读书高

我们那样贫穷
唯有读书多么富贵
时光那样匆忙
有落叶划过树梢

老聃的、孔孟的
书本留住了时光

道法自然
温良恭俭让
仁义礼智信
忠孝廉耻勇

保洁员净生

扫床铺、扫房间,清扫院子
扫秋风、扫落叶,清扫红尘
扫星星、扫月亮,清扫落日
扫风雪、扫泥泞,清扫世俗

三十年来,准时准点
净生清扫一切杂物
扫来一席破衣和一贫如洗
扫走满脸哀怨的三任婆姨

也许我不懂
一个忙于清扫一切的
保洁员,忘记了生活里
有些东西不必清扫
有些东西无法剔除

病体之身

他总是乐乐呵呵
为一瓶酒,急匆匆
往返于小卖部和厨房
早、中、晚三顿
都要喝醉

他是个贪杯的人
五十二度,毫不在意
牢房的度数
四邻的度数
生活的度数
妻子和两双儿女的度数
都比酒要烈

半身不遂以后
家里就只有一亩三分地
和风烛残年的老父亲

病体之身是一剂良方

可以戒酒，从此
他无所挂碍地、慢悠悠地
散步于街头巷尾
手中有拐，身后有爹
风还是常常吹过
带来些什么，带走些什么

流浪汉

如今人潮拥挤
都与手机合体
举头自拍,低头上网
行乞者愈发艰难

大街上,那流浪汉
红光满面、鹤发白须
在人群中划出一席铺位
侧卧小憩

如果行的端、坐的正
腰板也足够挺直
可以眯起眼
兀自枕起半壁江山
安睡,安睡

何时成为有福之人
活在生活脚下
凌驾世俗以上

三个诗人的端午

五月寒食
天空又是阴雨绵绵
总有风和雷声
把千万忠魂挽留于室
此刻莫问深山,莫问江河
挽一把艾草,遍插窗门

此刻,只适合
剥一颗凉粽,举酒言志
把赤诚之心留存于胸
遥寄哀思

请与我,务必虔诚的
换一新衣、折一焦柳
唱大风,云飞扬
怀抱大石
纵身一跃的孤独
湿漉漉,冲破王土

在崇宁堡

近三百年虎踞静升
崇宁堡的一砖一瓦
王家几代人的盛衰荣辱
早已,与灵石山水融为一体

福禄寿禧各处
大红灯笼高高挂起
四合院里,门窗必是敞着
宜酒、宜茶、宜客
宜久居

山高院深,
大风呼呼作响
整夜在墙外徘徊
一抹寒月
在温泉呈现暖色
我舒展腰身
看王家这般熙熙攘攘

打核桃

秋风劲,树木低垂
我抬头,在残叶中敲打核桃
树叶纷落、果实纷落
核桃亦敲打我

天空蓝,大地微黄
秋收时节,果树前
一面打、一面捡
核桃教我抬头,也教我低头

竹竿破风而出,扑簌簌
打在核桃树果实累累的身上
高处的、底处的,掉落
回归深沉的土地

在神农架

乘着小船
满眼都是绿色
山在绿,水也在绿
风是湿润的
呼吸都是湿润的

山谷狭窄,曲径通幽
八公里开外
溶洞里藏有野人

我知道,长期生在江边
水要比大地踏实

秋夜思

夜幕在降临
路灯在昏暗
月亮遁入乌云
星星不再闪烁
冷风阵阵
叶子片片凋零

秋风凌厉
用起,还是用刮
我都已经写不出快乐

蚂蚁

修农田,蚂蚁在那里安家
筑水坝,蚂蚁在那里安家
建高楼,蚂蚁在那里安家
下雨了,蚂蚁要到处搬家

游走在尘土里的蚂蚁
向我们一样固执、一样行走
游走在城市里的我们
像蚂蚁一样忙碌
一样在缝隙里探索世界
而我们,却不能像蚂蚁一样简单
简单到不知悲喜
简单到终其一生,从未放弃

工人之心

厂房越建越密集
荒山沟越修越平整
内心的荒凉越来越严重

来工厂上班以后
不喜欢阴雨天
像云层坠落人间
地上的泥泞连接了天空的阴霾

从宁静到轰鸣
我领略过暴风雪的狰狞
也看到过生产线的温情

就像把煤堆搬进焦炉
把火焰搬进天空
把云朵洒向大地

自然之歌

沉迷于网络的一日千里
眼前的纸张空白如雪
比较与阳光、山坡和雪
键盘已敲不出圆满的字符

钢筋水泥、工业之地
在孤独的办公室
空有一颗自然之心
却不能像蝴蝶一样飞过花海

风吹过一片草原

有些东西,风一吹就散了
比如蒲公英、比如柳絮
有些东西,风一吹便会相聚
比如小草

风一直吹,吹出一片草原
顽强、倔强,永生不息

牧羊歌

上山归来，怀抱着长长的鞭杆
头羊欢快地摇着铃铛

一定要牧羊犬撒欢的跑在最前
日出而作，日落而息
白羊就像白云，黑羊就像黑夜

有时也把自己看作山羊
和牧羊犬一起撒欢
和太阳一起下山

落叶那么苍凉

秋天好空啊,蓝天那么遥远
白云那么惨淡,大地那么枯黄
麻雀那样欢喜
它们欢快地啄食
啄食玉米、蓖麻和葵花
在秋风里
落叶那么苍凉

大雅君子

在叔叔的书房,贴满各色国画
竹子顽强向上,藤蔓欣欣向荣
我深知大雅君子是那只画笔,画
麻雀喳喳飞过,叽叽飞赴竹林
自己深埋其中

一次次,落日余晖铺满宣纸
留白一如既往地辽阔

砍柴憩庙

那些农户,炊烟那样袅袅
工业的烟囱,冒出工业的尾气

常常想夹一柄斧头,担起一捆柴
有蜿蜒的山路,稀疏的农田
等红灯变绿,疾步而行
回到草屋,炊烟和爱
油然而生

影子

小时候,总把影子放在眼前
追逐、奔跑,要踩影子
而现在,我把影子抛在身后
放在脚下,也放在脑后
影子那么努力,努力奔跑
追逐我,影子是我
而我是影子的一部分
那么虚幻

后记：
率性而为　勇毅前行

　　"有书真富贵，无事小神仙。"这是我信奉的一句话，也是这样做的。所以总是碌碌无为、得过且过，经常把一些时间用来荒废、用来感慨。我喜欢清净的时候多，喜欢热闹的时候少，爱好一些简单的东西，比如把心里闪现过的一些句子写下来，把梦到过的一些场景记下来，也把感同身受的人和事记录下来，于是有了《旧居里的木槿》这本诗集与大家见面。

　　我师范毕业后，先后就职于县住建局、麻田八路军总部纪念馆、县林业局、中晋冶金科技有限公司、县开花调文化发展有限公司等；也曾自己创办弋墨行书画工作室，带学生、练书法、裱糊字画、运营自己的"辽州书画"微信公众号；一边参加县创业者协会、县诗歌协会、县书法协会等社会团体组织的各类活动，跑来跑去，乐此不疲。这些工作经历，虽然充实，却也始终无法让我知道人生重心到底在哪里。索性上天眷顾，我也与大多数人一样上学、工作、成家，发展自己爱好，陪伴女儿成长，唯愿父母健康；我有聊得来的朋友，有起点现代诗社一众良师益友，人生如此，夫复何求。

言归正传，聊回诗集本身，作为土生土长的左权人，我颇感自豪，红色、绿色是左权的底色，这里历史厚重、资源丰富、四季分明、生态宜居，有大量可写的文化历史和风土人情。而我这本《旧居里的木槿》诗集，只是记录了我的所见所闻、小悲小喜和所感所悟，前前后后收录了我从毕业到现在近十年来百余首小诗，分心安之地、梦醒时分、简单之喜和孤独之旅四辑，分别记录了我对家乡、对自己、对生活和对家庭的文字感悟，诗稿几经修改、删减，但仍感质量参差不齐，不过好歹都是自己真情流露和有感而发，不愿意轻易丢弃，姑且作为对时光流逝的不舍之情，请读者朋友仁智互见罢。

最后，我想说爱好读书、爱好写作的人，最大的愿望就是能够出一本自己的书，但是能有这样机会的人并不多。天遂人愿，有幸得到中国外文局挂职桐峪镇党委副书记罗南杰同志帮助，有幸得到原县作协主席张基祥先生和县文联原主席孟振先女士指导，更有幸能与于广富、常丽红、乔叶、刘利、李立华、韩建忠、郝志宏、崔志军这些亦师亦友的人共同出版名为"歌飞太行"的这套诗集丛书，我在庆幸之余也诚惶诚恐，唯有感谢、唯有努力、唯有在写作道路上坚持不懈，方不负时光、不负余生。

跋：
歌飞太行情意长

诗因歌而生，三千多年前的《诗经》是唱出来的。诗是心灵飞出的歌，我们今天捧出的这套丛书"歌飞太行"，就是九位本土作者对生活、对真情的吟唱，对祖国、对家乡的赞颂，是飞扬在太行山巅、清漳河畔的一曲曲动听的歌谣。

这是左权文坛的大喜事，是左权文学艺术界的盛事，也是左权县文化事业上令人振奋的新的里程碑。恰如毛泽东《咏梅》诗云："待到山花烂漫时，她在丛中笑。"在这里，烂漫的"山花"，即九位作者的九部诗集；报春的"梅花"，即中国外文局委派来左权挂职的罗南杰等同志。

中国外文局帮扶左权十多年来，为左权办了很多实事。罗南杰同志挂职桐峪镇党委副书记两年来，负责教育、文旅等多方面工作，成绩斐然。他常年在乡下，与农民打成一片，在工地上，人们常常以为他是一个地地道道的"农民工"，乡亲们都把他当成贴心人，遇到难事都会想到"去找罗书记"，罗书记就是这样一位古道热肠的人。当他发现左权这片集红色历史与绿色文旅于一体的热土上，有这样一群勤奋的诗歌创作者，一首首来自生活最底层的诗歌，透射着人性的真善美，折射出他们对家乡、对祖国的挚爱，对社会、对人生的思考，是诗歌照亮了他们的精神世界。他感动之余，主动到县文联了解情况，得知他们有的处于工薪阶层，有的为生活东奔西忙，甚至有的生活还很困难，平时辛勤创作积累的大量诗稿，因囊中羞涩难以积集成书。罗书记决定伸出援手扶持他们，也为左权的繁荣兴盛注入丰富的文化内涵和勃勃生机。他将此事向中国外文局领导做了汇报，经多次沟通，终于达成这次助力圆梦行动。与此同时，他多次和作者们坐到一起，就诗集的宗旨、内容进行详尽指导，有着军人情怀、诗人文采的他，很快与这群乡土诗人成为莫逆之交。

在此期间，九位诗作者快马加鞭，收集整理诗稿。为了让每首诗更精炼、更妥帖，他们在原创作的基础上夜以继日地仔细打磨，相互切磋，经过四个多月的精雕细琢，这套丛书终于收官。

在成书过程中，县委、县政府及宣传部领导高度重视，多次关注此事，鼓励作者扎根泥土、扎根人民，创作出无愧于家国的优秀作品。在此，诚挚感谢各位领导的大力支持！同时，感谢的还有：已近耄耋之年的原县作协主席张基祥先生和县文联原主席孟振先女士，以及多位热心人士，他们多次给予丛书悉心指导。

这九部诗集，反映了左权文学事业向上向好发展的强劲势头，也让我们认识了太行山怀抱里这群可爱的垦荒诗人，他们有担当，有情怀，体现了厚重的太行精神。他们的作品充溢着浓郁的乡土气息和诗情画意。但由于这样那样的局限，在个性化的诗歌创作中，丛书在一定程度上还存在诸多不足，敬请广大读者理解包容，批评指正。

于此，左权县文联携九位作者，向中国外文局的各位领导致以崇高的敬意！向新星出版社的各位编审老师致以诚挚的感谢！是诸君的伯乐之举圆了这群乡土诗人的文学梦，为享誉世界的民歌之乡留下浓墨重彩的一笔。同时希望更多的诗歌爱好者以此为契机，热爱生活，潜心创作，在这片有着《诗经》余韵的文化厚土上纵情驰骋，引吭高歌！

左权县文学艺术界联合会

2023年5月